Ángel de la Calle

JORGE A. ONTIVEROS

Ángel de la Calle

Cuentos de misterio
en lugares inexplorados

HISPANIC INSTITUTE OF SOCIAL ISSUES
MESA, ARIZONA • 2026

Indice

Lago Catarinas 1

San Benito 3

El palenque 5

La visita 7

El Verdugo 9

La piscina mágica 11

Ángel de la calle (Frontera) 13

El *Olympic* *19*

El regreso 20

Tercer Cielo 23

Solo 25

El alfarero 26

Curro el torero 29

Barbanegra, el terror del mar Caribe 31

Los dos galeones 33

El espadachín contra el pirata 35

Los secretos hundidos de Lemuria y Atlántida 37

Tres hombres del futuro 39

Camilo y la máquina de hacer dinero 41

Venustiana y Rutildo 43

Julio César en Egipto 45

Él, es Él 47

Los dos carneros 49

Un ángel entre nosotros 51

Sin agua 53

Adiós a mi alma 55

Sobre el autor 57

Ángel de la Calle

Lago Catarinas

L A NATURALEZA, LA ARBOLEDA SE MOVÍAN A MI PASO. EL MUNDO ME pertenecía. Cuando se es adolescente y uno vive con sus padres, el tiempo no existe; solo la alegría, los viajes, los días de campo.

Esa madrugada fuimos a pasear a un lago cerca de la presa La Boquilla. Mi padre llevó en la camioneta de la compañía a toda la familia junto con mi amigo Mario Santiamén. Llegamos de madrugada y nos estacionamos a un lado del lago a esperar los albores de la mañana. En el aire había un olor extraño, como a madera mojada y algo más que no logré identificar. A los cinco minutos, un joven como de veinte años nos abordó.

—Disculpen —nos aludió algo preocupado—. Ando buscando a mi esposa. Acabo de cruzar el lago. No se vayan a meter —continuó—, el agua está muy fría.

El joven, semi-desnudo, solo con un traje de baño color rojo, desapareció en un instante en un sendero oscuro.

A los veinte minutos, un hombre mayor, entre los sesenta y setenta años, se nos acercó. ¿Han visto a un joven que viste tan solo un pantalón de baño? —preguntó—. Tengan cuidado —nos alertó—, es un alma en pena; en su viaje de boda se ahogó. Cruzó el lago sin problema, pero al regresar se acalambró sin que alguien lo pudiera ayudar. A los tres días, unos hombres rana, traídos de Torreón, lo encontraron. ¡Con razón!

—me dije—, yo noté que cuando el viejo hablaba, trataba de esconder su nuca con un pañuelo.

—Para terminar —prosiguió informándonos aquel enigmático hombre—, si oyen llantos, son los de la novia; que más bien grita y su grito desgarrador se quedó impregnado en las rocas.

Yo seguía preguntándome por qué el viejo, que se veía perdido, al despedirse se había dado la media vuelta. Fue entonces cuando noté que tenía la nuca y el cabello manchados de sangre seca. Aun así, ninguno de nosotros le dio demasiada importancia.

Nos bañamos y pescamos unas cien truchas. Mi madre freía algunas en mantequilla. Cuando estábamos listos para partir, mientras guardábamos las cañas de pescar, vimos a lo lejos la silueta de un hombre caminando con paso lento, como si dudara en acercarse. Era un guardia de esa comarca, y se aproximó a mi padre.

—Espero que el joven ahogado y el viejo asesinado no los hayan molestado. En noche de luna llena se aparecen por los alrededores.

Mi padre le preguntó qué había pasado con el viejo. Le contó que su compadre lo convenció de ir a comprar unas veinte vacas a Camargo con el dinero que le habían dado cuando dejó de trabajar en la mina "La Prieta". Se fueron en camión y, al llegar al supuesto rancho, pasaron la noche cerca de una noria seca y olvidada. En la noche, el compadre lo ultimó con una piedra en la nuca; después, tiró su cuerpo dentro de la mina. Ahora el alma del viejo anda perdida y no encuentra reposo.

Nosotros nos regresamos de ese viaje inolvidable, y sin percatarme que en una sola noche nos habían visitado dos fantasmas. Estas son cosas difíciles de digerir; y es que de que ocurren, ocurren. ¿Cuántas veces andaremos por la vida hablando con fantasmas de gente muerta sin darnos cuenta?

Hombres rana: buzos especializados que utilizan equipo profesional para rescate o búsqueda en agua profunda.

Noria: pozo profundo con un mecanismo para extraer agua mediante una rueda.

San Benito

ECÍA MI ABUELA PATERNA QUE LA EPIDEMIA DE 1918, LA INFLUENZA española, fue la más devastadora de todas. Pero "la epidemia del murciélago" de 2020 también nos puso a temblar. Mi primo *el Prieto*, como todos le decíamos, enfermó y, a la semana, *patas de catre* se lo llevó a otras tierras desconocidas.

Vivíamos en un pueblo cerca de Galveston, Texas, una comunidad pobre de exmineros, campesinos y gambusinos. El pueblo tenía solo mil habitantes y ya se habían *petateado* como ochenta *pelados*. La única casa funeraria no se daba abasto; tres o cuatro cadáveres tatemaban al día.

A la semana fuimos por el cuerpo de mi primo. Aunque le tocaba el turno de la cremación hasta dos semanas después. La funeraria apestaba como una pescadería antigua sin hielo, hedionda; era un olor devastador.

Trajimos la caja de muerto con mi primo adentro e hicimos una zanja atrás de la casa. Al momento de enterrarlo, el cuerpo se salió del féretro, pero no estaba muerto ni era el Prieto. Se trataba de un chino que hablaba inglés mocho, poco español y estaba más pálido que la cera.

—Yo no estuve muerto, sino que una noche me metí a una caja para soportar el frío y me quedé dormido, pues el ataúd, por dentro, era como un regazo de una madre.

—¿Qué hiciste con mi primo?

—No sé de qué hablas. La caja estaba vacía.

Al primo nunca lo encontramos. El chino hablaba de que cuando estaba en la caja, un individuo con las características del *Prieto* que le describimos, se había aparecido a él en su sueño.

—Me habló de un viaje que hacía al lugar de las Tres Cascadas, donde los espíritus volaban por entre las ventanas de unas cuantas casas coloridas, viajando hacia arriba por la caída de las brillosas cascadas. Era como volver al enamoramiento y a la niñez y después el duro despertar de no estar con vida. Me contó —prosiguió relatando—, que la eternidad era hermosa y que solo soñaba con volver a nacer. ¿Cuándo? No sabemos.

Un día el chino desapareció y la caja la tuvimos que enterrar vacía. Un viaje infeliz a otras tierras infructuosas.

Patas de catre: significa que alguien murió; personificación humorística de la muerte, imaginada como un personaje flaco y huesudo, con "patas de catre" (piernas delgadas como las varillas de una cama).

Petateado: muerto; proviene de petate, estera donde solían envolver o velar a los difuntos.

El palenque

EL PALENQUE CASI ESTABA EN EL CENTRO DE MEXICALI, BAJA CALIFORNIA, en México, y cerca de la Calafia, una plaza de toros de los años setenta. Fui con mi acompañante para divertirnos con esos juegos sangrientos que mucha gente hallaba divertidos. Cada pelea de gallos era a muerte. Que "el Giro" y "el Colorado"; el dinero y el alcohol daban la vuelta. Al llegar, los *sardos* me quitaron mi *chata* para que no fuera hacerla de emoción, pues muchos perdedores dolidos se van a las manos o a los *cuetes*.

De pronto, llegaron seis hombres millonarios con al menos dos bellezas; a los lados, botellas de Bacardí. Allá a los apostadores fuertes se les proporciona de todo: vasos altos, hielo, soda de cola y rebanadas de limón.

Comenzaron las apuestas de a millón de pesos. Me sentí intimidado con mis miserables novecientos dólares. Dicen de México que su economía es mala; lo dudo. Las apuestas estaban pesadas, pero a mí, todos me ignoraban, o al menos eso parecía. Le comenté a mi esposa:

—Aquí paso desapercibido.

De repente, me llegó un litro de pulque: un curado de avena. Ella le hizo mala cara, mientras yo tomé solo un sorbo y lo escupí. Tenía un sabor dulzón pero, en el fondo, un sabor medicinal. Mi vecino de asiento me dijo:

—Tiene que acostumbrarse.

¡Rayos —pensé—, qué asquerosa y babosa bebida!

Una señora que vendía alcatraces de dulce de pinole y semillas de calabaza, con una voz muy familiar, me dijo:

—Usted es el elegido. ¡Váyase de aquí! Para bautizar este palenque se debe derramar sangre.

Aquella mujer me recordó la voz de mi madre, pero, ¿qué estaba haciendo ella ahí? Mi madre había fallecido hacía un tiempo y vino a advertirme:

—¡Usted va a morir esta noche! Me volvió a avisar: —Para que con su espíritu cuide sus intereses económicos.

La vendedora de semillas desapareció rápidamente entre la turba de gente, y yo quedé sumido en un remolino de ideas.

Pasaba la medianoche cuando llegó el artista anunciado, el cantante Manolo Muñoz. Lo recibieron todos con algarabía. Recogí mi *cuete*, y yo y mi compañera nos fuimos. Iba medio mareado, con medio sorbo de bebida y, corriendo, en mi auto de carreras, nos fuimos al hotel.

En el cuarto me esperaba un corazón hecho de chocolate sobre mi cama. Me tuve que cambiar de habitación. Dormité con zozobra y preocupación. Al bajar la mañana siguiente a pagar, me entregaron una nota en la recepción:

—*«Te escapaste esta vez, ya nos veremos la próxima vez»*.

No tardé en cruzar la frontera de vuelta en California; me sentí más tranquilo.

Sardos: soldados rasos o de bajo rango. Se les llama así por deformación popular de soldado, usada en el habla coloquial y militar.

Chata: pistola pequeña y de cañón corto. El nombre proviene de su forma "achatada" o compacta.

Cuetes: armas de fuego o pistolas. Se les dice así por el estruendo que produce al dispararse, similar al de un cohete.

Pulque: bebida alcohólica tradicional mexicana elaborada a partir de la fermentación del aguamiel del maguey.

La visita

VENGO DE LA COLONIA CHAVEÑA, DE AQUELLA COMARCA CERCA DE Paso del Norte. Heredé una pequeña cantidad y decidí viajar a el viejo continente. Estuve en Praga, Bruselas y el Reino Unido. Rebosante de dicha y alegría bebí cerveza negra acompañada con salchichas. En Madrid, visité en el Museo del Prado y vi obras de Velázquez. En Estados Unidos, ya había visto obras de Rembrandt en el Museo J. Paul Getty.

Compré una pequeña casa en la costa del mar, cerca de una iglesia barroca, con su intrincado y sofisticado arte. Confieso que no era feligrés, pero iba a la iglesia como terapia o costumbre.

Me hice de una compañera y vivía feliz, pero a veces notaba que mi esposa padecía de terrores nocturnos y hablaba en lenguas extrañas, voces guturales que me ponían los pelos de punta.

Una noche desperté sobresaltado pues era la cuarta vez que nos atacaba la epidemia del murciélago; está vez, se habían triplicado las muertes. Mi esposa había permitido que se velaran difuntos en mi casa y cuando fui a la sala, en una caja de madera tenían a una anciana con la cara carcomida por ese extraño mal.

Esa noche, al despertar, me di cuenta que había sido una pesadilla lo del ataúd en la sala, pero lo que me encontré fue la cruz del Santísimo en el pasillo de mi casa.

Mi recámara estaba separada en otras habitaciones. Ahí estaba el Cristo en la cruz y era enorme. Cómo no me percaté cuando lo arrastraban y ladeaban para dejarlo cerca de la alcoba; vaya usted a saber. Tuve que hablar a la iglesia para que lo removieran y lo llevaran de regreso al altar donde debería estar.

Mi esposa pasó un tiempo en el psiquiátrico hasta que se deshizo de sus terrores nocturnos.

Decidí vender esa hermosa casa y buscar otros entornos.

El Verdugo

UN BANQUERO, FAMOSO POR SU FRIALDAD, LLAMADO EDUVIGES, dejaba a familias enteras en la calle y se apoderaba de sus propiedades por insignificancias en los contratos. Le decían "el Verdugo".

Un día se mudó a una casona en Acaponeta, Nayarit. Deseaba encargarse de los pequeños detalles cosméticos de la remodelación. Las primeras semanas que estuvo viviendo en ella, empezaron a pasar sucesos extraños. Por las noches, la casa se llenaba de puercos. Despertaba y los corría hacia el patio trasero. Los puercos, que no se sabía de dónde venían, roían los muebles.

Algunas veces se soñaba, hasta el amanecer, viajando a la cascada El Cora, nadando con mujeres sensuales y extrañas. Las ninfas de ojos color de mar lo sacaban de la realidad.

Por las mañanas, organizaba a los hombres que trabajaban en la reconstrucción de la morada.

Una noche quedó tieso, estaba vivo, pero no podía mover ninguna parte de su cuerpo. Toda la noche, una manada de ratas se comió sus pies hasta el hueso. Cuando los trabajadores encontraron al despiadado ávaro, agonizaba. Se le oía repetir a menudo:

—Estoy nadando con esas chicas hasta el amanecer.

Fue llevado a un hospital de la Cruz Roja y falleció unas horas después. Fue sepultado en una fosa común y olvidado para siempre. Un banco tomó posesión de sus setenta propiedades.

Ahora, se le ve en las aguas de los ríos, nadando. Es un bagre, y a veces es carnada para pescar peces más grandes.

Bagre: pez comestible de hasta 80 centímetros, sin escamas, con cabeza grande y barbillas, común en los ríos de América.

La piscina mágica

ESPUÉS DE LA AYUDA HUMANITARIA AL EJIDO DEL MEZQUITAL, llegamos a la casa de la piba rusa. Nadamos y reímos en su piscina mágica de agua azul. La tarde-noche era caliente y la noche se tornó tibia con esa mujer de ensueño; fue como un viaje a los días de la Creación. Nadamos, disfrutamos, como si no hubiese mañana.

Ahora entiendo al escritor Ernesto Sábato (él estaba evocando recuerdos que un día me traerían nostalgia). La piba me decía: "Sumérgete, que perdí el anillo de promesas", y yo me hundía a más de cuatro metros en esa agua de la vida hasta que lo encontré y se lo devolví, sin saber que un día la perdería para siempre.

La felicidad se nos regala a los humanos en pequeños instantes, como si fueran gajos de naranja, y por razones insospechadas, se nos arrebata, de la misma manera que cuando un pájaro azul pierde su plumaje, para recuperarlo en otra estación y en otros lugares.

Un día regresé a Montebello, California, para buscar aquella casa, pero los vecinos me dijeron que nunca existió. Ese tiempo ya pasó y ahora vivo en otras tierras. Sobrevivo de los recuerdos; ellos me ayudan a enfrentar las inclementes encrucijadas del destino.

Ángel de la calle
(Frontera)

I

DECIDÍ TOMARME UNAS VACACIONES E IRME A LA FRONTERA DE MÉXICO durante unas dos semanas a ver si así se aplacaban las voces de mi conciencia. Ella me reclamaba por los trabajadores que murieron cerca de mí, cuando un hombre loco irrumpió en mi restaurante y asesinó a tres de mis empleados. No pude hacer nada, pues una de sus balas me había herido en la femoral, y por poco me desangro.

No tuve tiempo de ayudar a nadie y eso me hacía sentir culpable. En realidad, yo también hubiera muerto, de no haber sido por una mujer pordiosera, conocida mía, que, en plena acción, se metió al local y me escondió cuando aquel tipo demente remataba a Renato, Pepe y Goyo. ¡Y yo sin poder hacer nada aunque hubiese querido! Solo la voz de la pordiosera me hizo reaccionar al decirme:

—¡Jorge, no se mueva ni respire, porque el demonio lo anda buscando para desnucarlo!

Ahora lo único que recuerdo es que el asesino era un hombre que vestía de negro y estaba armado con un revólver.

En el momento en que decidí hacer este viaje, mi mente era un caos. Una vorágine de pensamientos cruzaba por mi mente mientras salía del condado de Ventura, California, viajando en uno de esos destartalados autobuses de *Orange State*. Lo que más quería era que las diecinueve horas de viaje hasta la cantina San Luis, en Ciudad Juárez —hacia donde me dirigía—, pasaran pronto. Ahí —pensaba— con unos sotoles y una buena compañía, podría olvidarme de todo.

El autobús había partido a la medianoche y no iba en él una sola alma con quien pudiera conversar. Esperaba, al menos, que al llegar a Los Ángeles alguien subiera. De verdad lo deseaba para sentirme más calmado, pues el chofer parecía muerto; quise entablar conversación con él, pero secamente me respondió que estaba prohibido molestar o distraer al conductor, que no iba a parar hasta llegar a Coachella, que ahí era donde subía pasaje, y que me dedicara a lo mío y él a lo suyo. Después agregó:

—Oh, antes de que se me olvide, cerca de Coachella siempre me detengo en el cementerio para llevar flores a mi difuntita. Le aviso para que no se le haga extraño.

En mis adentros pensé: «Este loco se va a detener a las tres de la mañana para dejar ofrendas; yo creo que está chiflado».

Al final llegamos a Coachella y, aunque esperamos los quince minutos reglamentarios, nadie subió. El chofer ni se movía, solo me miraba a través del espejo retrovisor con sus ojos negros y misteriosos, mientras fumaba incesantemente. Después partimos con rumbo desconocido.

Extrañamente, el aparato estereofónico del viejo autobús no tocaba otra música más que cantos gregorianos, así que terminé por dormirme; perdí la noción del tiempo y del espacio. Cuando desperté nos encontrábamos en El Paso, Texas. Calculé que serían como las cinco de la tarde. En la terminal de autobuses, ubicada muy cerca de la línea fronteriza, no se vislumbraba un alma. Recogí mi maleta, que estaba tirada a un lado del autobús, y emprendí camino hacia la llamada "Plaza de los Lagartos"; la fuente ni agua tenía. El Paso estaba desolado, sin gente. Algunos establecimientos comerciales estaban abiertos, así que me dirigí a un restaurante. Ya adentro, vi cómo, sobre la estufa, el líquido en las cafeteras hervía, pero, inexplicablemente, no había nadie, ni siquiera los clásicos borrachines y vagabundos. ¡Nadie! ¡Qué extraño! —pensé— y seguí mi rumbo. Fue así como llegué al puente internacional, esperando ver alguna persona en Ciudad Juárez, pero pasaba lo mismo. Solo a lo lejos vi una vieja harapienta sentada sobre la acera; desconcertado, me acerqué a preguntarle dónde se habían ido todos. Ella me respondió:

—Juárez y El Paso son dos ciudades fantasmas; son cosas de este nuevo siglo.

La vieja se levantó, y al irse me advirtió algo enigmático: que me cuidara de "los hombres de negro", que, según ella, ya habían eliminado a casi toda la población. Añadió que la poca gente que quedaba se reunía en un cine del centro a las doce de la noche, los jueves.

Perplejo por esa extraña situación, seguí caminando, aunque ahora no recuerdo detalles de mi trayecto, ya que en aquella nebulosa en que se había convertido mi mente, retumbaban insistentemente varias preguntas: ¿A dónde había llegado? ¿Sería el pasado remoto o el futuro lejano? Y, si estaba en el presente, ¿habría llegado con retraso o con adelanto? Para salir de dudas busqué algún kiosco donde comprar un periódico.

Lo único que encontré fue una funeraria, entré y me di cuenta de que estaban velando al "Chiquis", un delincuente al que yo había visto morir como un perro, baleado en una de las calles de mi pueblo, al sur del estado, haría unos treinta años. Ahora estaba seguro que mi viaje me había llevado al pasado. Sorpresivamente, de entre los ataúdes, salió una hermanita mía que había muerto cuando yo tenía diez años y ella trece.

—¡Margarita! —le dije, muy impresionado— ¿qué estás haciendo aquí?

—Aquí trabajo, limpio las cajas, tú sabes, hay que trabajar para vivir, así es la vida —me contestó—, y repuso: —Jorge, me tengo que ir a la cocina antes de que me regañen.

Al decir esto desapareció por el corredor. Desde lejos, todavía alcanzó a gritarme:

—¡Te manda saludos Olga! Dice que te extraña mucho, que ya casi termina el libro de poesías que está escribiendo.

¡Dios mío! —pensé—, pero si Olga se había suicidado cuando terminamos nuestra relación, haría unos veinticinco años. Ella venía de una familia de suicidas y dicen que eso se lleva en la sangre. ¡Pobrecita! Se voló la tapa de los sesos por un romance irrelevante.

II

Nuestro personaje, al llegar a Ciudad Juárez, Chihuahua, se halló en un extraño viaje al pasado. Lo que encontró fue un caos, un negro ambiente de desolación y nada de gente; solo difuntos, fantasmas del pasado. La única persona viva que encontró fue una pordiosera quien le informó que "los hombres de negro" asolaban la región. Poco después, logró entablar conversación con su hermana Margarita, muerta, perdida para siempre en el viaje de la vida desde hacía treinta años, aunque se conservaba tan viva como si nada hubiese ocurrido. Incluso, el recuerdo de su novia de juventud se convirtió en un encuentro inesperado. El personaje continuó su extraño viaje.

III

Al encontrarme de frente a mi antigua novia, la saludé.

—¡Olga, mi amor! ¿Qué andas haciendo?

—Estoy buscando mi mente—me respondió, mientras sacudía entre sus manos unos papeles viejos de color amarillo.

Su cabello aún estaba lleno de sangre seca y su cráneo mostraba, en la parte de atrás, el boquete del tamaño de un peso de plata antiguo, que dejara la bala de grueso calibre que le voló los sesos. Al mirarla, una nueva pregunta surgió: ¿Por qué lo hiciste?

—Fue demasiada la desesperación al no sentirme querida, aunque eso no ha cambiado en absoluto, ya que el mundo de los suicidas está lleno de soledad; nadie nos quiere. En todo este tiempo, no he encontrado reposo alguno —me respondió.

Le dije que tenía que irme.

—¡No te vayas, por favor! —me imploró—. Si te vas, quedaré eternamente en la oscuridad. Por favor, ¡llévame contigo como alguna vez me lo prometiste!

Me limité a decirle que no podía, pero que regresaría muy pronto.

—No te creo, sé que mientes para consolarme, pero antes de irte, bésame, que sólo así dejaré mi deambular por el mundo.

Aquel espectro me daba horror y lástima a la vez, por lo que me limité a besar su enjuta mano; en sus ojos vi una señal de alivio, y entonces, ella fue desapareciendo a través de la pared hasta convertirse solo en un punto luminoso en la lejanía. Esa noche, pude vislumbrar una nueva estrella en el horizonte, lo que me hizo recordar que, según los maestros del Oriente, uno tiene que morir diez mil veces para poder dar vida a una estrella.

Salí de la casa de la muerte antes que anocheciera y me dirigí al cine del centro para tratar de conocer a los pocos sobrevivientes del supuesto holocausto. Caminé por aquellas calles que recorriera cuando niño, siempre llenas de vida, de vendedores ambulantes, de gente trabajadora, y ahora tan desoladas, tan llenas de tristeza, alumbradas tan solo por el brillo de la luna que se reflejaba en el agua de la lluvia que caía. Llegué al cine, el único local iluminado. Pagué la entrada a alguien a quien no pude observarle la cara, y entré a la sala. Todo estaba a oscuras, y me senté entre gente callada.

Al dar comienzo la película me quedé dormido, seguramente por la sensación de total paz y tranquilidad que recuerdo haber sentido. De repente salté de mi asiento; las luces ya estaban encendidas. La poca gente que había corría a esconderse en las filas de butacas del frente. Después, volteé hacia las puertas de entrada y pude distinguir a los odiados hombres de negro, quienes habían comenzado el aniquilamiento, uno por uno, de los que iban llegando, no sin antes hacerles preguntas que para mí sonaban estúpidas.

No importaba si las personas acertaban o fallaban al responder, simplemente los asesinos les daban un balazo en la sien. A algunos otros les ordenaban que dijeran un trabalenguas; de estos, nueve de cada diez eran ultimados. Muy pocos eran los que lograban salir con vida de esas pruebas, pero quedaban tan desfigurados que parecían demonios, con las orejas aguzadas y sus funciones motoras entorpecidas. Traté de esconderme, pero no había lugar. Tras las butacas había otros individuos tan asustados como yo, que habían llegado antes. Alcancé a escuchar alguna voz susurrante que aseguraba que a las mujeres no las mataban inmediatamente, sino que se las llevaban como prisioneras para martirizarlas, y luego las asesinaban a placer. No daba crédito a todo lo que veía y oía. De pronto, oí una voz:

—¡Jorge, vámonos antes de que se lo escabechen! —la voz provenía de una salida de emergencia.

Sin pensarlo dos veces corrí para salvarme, mientras a mi lado también corría un hombre de barba blanca quien me aconsejó no voltear hacia atrás.

—Los hombres de negro odian perder una presa —me dijo.

Una vez en la calle, aparentemente a salvo, le pregunté cómo era que sabía mi nombre. Me dijo que una pordiosera de buen corazón lo había mandado a recogerme. Sin más, subimos a un auto y aquel hombre no paró hasta dejarme en la ciudad de Las Cruces, Nuevo México. Emocionado, le di las gracias, pero como aún me quedaba la duda, le pregunté quién era esa enigmática pordiosera. Subió a su auto sin decirme una palabra y lo vi alejarse; a unos veinte metros se detuvo y me gritó:

—¡Es tu ángel de la...! —lo demás no lo oí, pero lo supuse.

Me dirigí a la terminal de autobuses; lo que realmente deseaba era alejarme, regresar a California. De nuevo, el sueño me venció, y al despertar en Phoenix, Arizona, vi que el autobús estaba lleno de gente viva. Sentí una enorme alegría, sabía que había dejado atrás esa pesadilla, que un nuevo día empezaba y por ello mi corazón se llenaba de gozo.

---

* El término "Las mujeres de Juárez" hace referencia al problema continuo de los feminicidios en Ciudad Juárez, Chihuahua, México, donde un número significativo de mujeres han sido asesinadas o desaparecidas desde principios de la década de 1990. A pesar de la atención nacional e internacional, estos crímenes persisten, y muchos casos siguen sin resolverse.

El *Olympic*

STABA EN LA AVENIDA GRAND, EN LOS ÁNGELES, CALIFORNIA. EN LOS setenta fui con un amigo de la familia Castelito; ahí conocí a un tal "Manos de Piedra". En ese viejo caserón se celebraban pleitos amateurs para los amantes de la fistiana o pugilismo.

Esa noche, todos los pleitos resultaron interesantes y salvajes. En una de las peleas, un contendiente perdió la vida. De pronto todo se hizo oscuro y confuso. El boxeador muerto estaba sentado cerca de mí.

En unos momentos, ya estaba yo en Calcuta, India. Era una joven mujer pública, llena de miedos. En momentos me transporté a un tugurio de Bogotá, Colombia, donde era un asesino a sueldo. ¿Mi cuota?: diez mil dólares por asesinato y una bolsa de cocaína. Mi espíritu viajaba prácticamente por todo el mundo. En Sumatra, Indonesia, estaba entre los ídolos del pueblo. Mientras me encontraba en la Ciudad Prohibida de China, de repente regresé a mi cuerpo.

Cuando me di cuenta, las peleas de box y la función habían terminado. Me retiré del recinto, pero me olvidé de mi procedencia. ¿Quién soy? ¿A dónde voy? ¿Dónde dejé el carro?, me hacía esas y otras preguntas.

Mi amigo Castelo me regresó a la realidad: "¡Cerveza con tequila no se mezclan!" Sígueme, allá está tu *"peor es nada"*. Yo, con la cabeza de chorlito me la despejo. Llegamos de vuelta a casa.

El regreso

¿CUÁNTAS VECES HEMOS MUERTO Y RENACIDO? ANTES DE NACER, ME soñaba como una estrella fuera de la galaxia. Cuando mi mente se aclaraba, era un gozo infinito.

Una vez que morí, estaba recargado en un árbol, pescando en una laguna. Tenía como diecisiete años y usaba un sombrero de paja y pantalones de pechera con tirantes. Me quedé con la caña de pescar en el agua y soñando en cosas de la niñez. Ahí me encontraron. Fue la tercera vez que morí en ese siglo. En otra ocasión, fue picado por un insecto venenoso. Morí otras setenta veces en diferentes culturas. Fui diferente, pero con el mismo espíritu.

Muchas veces no recordamos, pero los puentes o edificios nos son familiares. Experimentamos lo que se llama *déjà vu*, la sensación de haber vivido algo antes, aunque sabemos que no es así. Eso explica los miedos o terrores. Como el terror al agua, dicen por ahí, porque morimos ahogados. O los deprimidos o inadaptados, porque sufrimos torturas psicológicas o enclaustramiento.

Siempre que muero, muero joven. Nueve de diez veces soy un hombre ordinario; pocas veces soy un gran cantante o un mandatario. La vida que vivo, algunas cuarenta y dos veces, se me arranca durante mi juventud. Algunas veces he perdido la razón.

Ahora estoy en la sala psiquiátrica de un conocido sanatorio de Chihuahua, México. Ahí, nadie me cree que en otra vida fui un gran cantante que murió en 1935 en Medellín, Colombia, en un avionazo. Recuerdo los gritos, las llamas, morir calcinado y después el silencio.

No hemos determinado si la locura es una de las formas más sublimes de la inteligencia.

Tercer Cielo

UN DÍA CAMINÉ POR UNA ZONA LLENA DE POLVAREDAS Y SILENCIOS, hasta que llegué a una morada que parecía un antiguo palacio. Cuando entré en los aposentos, vi una gran escalera que no tenía límites. Era de mármol, y la barandilla y los pasamanos estaban hechos de una aleación de oro y marfil. Ascendí fácilmente al primer piso de la morada, pero no había nadie allí. Me senté a esperar. Pasaron tres días hasta que unos soldados con antifaz me indicaron que estaba en el piso equivocado.

—Debes subir al piso de arriba, al tercero, para ser exactos. En la vida, tienes que saber tu lugar. No puedes vivir como un náufrago sin rumbo.

Cuando llegué al tercer piso, encontré una gran biblioteca con lo que probablemente serían cientos de miles de libros. Algo me intrigó al principio: ninguno de los libros tenía título. Poco después comprendí que aquellos libros representaban la próxima generación de seres humanos que aún no había vivido, y que en aquellas páginas en blanco sería grabada la historia de su estadía en el mundo.

Después caminé hacia otro salón, donde estaba una gran mesa, muy elegante y adornada con piedras preciosas. Toda la habitación era suntuosa. Al final de la mesa me di cuenta de que había una pareja: ¡eran mis padres! Se miraban serios, sin sonreír. Parecían tener unos treinta años; su piel era blanca como la cera y no mostraban ninguna emoción ni sentimiento. Me alegré de verlos, pero todo quedó en eso.

Decidí caminar por otras salas. En una de ellas vi proyectada mi vida, como en una pantalla: desde mis primeros años hasta mi adolescencia, y posteriormente mis logros y mis descalabros.

Finalmente regresé al lugar donde debía esperar, junto a un sofá de fino material. Frente a mí estaba Vladimiro, uno de mis antiguos inquilinos.

—¿Cómo está? ¿Qué hace aquí? —pregunté.

—Pago mi penitencia, como lo hice en vida —respondió—. Para poder llegar a tu lugar indicado, debes pasar por inclemencias.

Mientras hablaba, señaló un libro. Allí estaba el libro de su vida, junto a todos los nombres de Dios. Lo tomé y lo leí hasta el final; entonces comprendí todo. Me di cuenta de que, al principio de abril, ya no desperté. Me fui caminando hacia un atardecer glorioso. Allí quedó mi vida, con sus altas y bajas. ¡Y nosotros, los incautos, creyendo que la vida nos pertenece!

---

* Frase que aparece en la Biblia, en el Evangelio de Mateo 10:26-34.

Solo

EN LOS ATARDECERES DE MI DESTINO ME ENCUENTRO ENTRE PILARES DE veinte metros, hileras de columnas dóricas e iónicas.

Como en este lado no hay tiempo, solo dimensiones, no sé por cuánto he permanecido aquí.

Recuerdo a Rodrigo, un inquilino de la vieja casona, que un día entre sueños me dijo:

—Estoy entre cielos…

Nunca más supe de él.

Ahora me arrepiento de haber podado los rosales sin saber que nunca los iba a ver florecer.

Para Dios, un día es como mil años, y todo lo contrario.

No sé si mi suerte todavía no esté echada. No me importa la estadía, sino la soledad. En un minuto veo toda mi vida junta: la infancia en la calle La Alfareña, los juegos de la niñez en las viejas casonas, y la corriente del río de mi pueblo que me arrastraba, y yo agarrándome de las piedras para no morir. Eso era para mi divertido. En la juventud, se juega con la vida.

Ahora busco una salida y solo veo grandes extensiones de la nada. Permanezco en mi área, un lugar lleno de columnas hercúleas. A lo lejos veo castillos medievales en ruinas. Esta es mi zona de seguridad, aquí paso la eternidad.

El alfarero

LGUIEN ME HIZO, ME FORMÓ PERFECTO, CON PADRE, CON HOGAR y una gran familia. Pero no me recuerdo, solo de mi niñez. Cuando estaba enlodado y mi abuela en el lavadero, me quitaba el barro mientras que mi madre, con una toalla suave, me secaba. Así, me quedaba dormido en el regazo de la autora de mis días. Antes de nacer escogí a mis padres; creo que donde estaba era el segundo cielo. Mi mente parpadeaba con solo recordar mi niñez.

Ahora, de adulto, me encuentro entre sombras. Hace ya mucho tiempo que perdí la memoria. Los de mi pueblo dicen que se me "saltó la cadena".

De mis padres, no sé dónde están; sus nombres también los olvidé. He caminado por todo México y no los encuentro. ¿Quiénes fueron? El alfarero me dio forma con un barro especial, selectivo. Me puso en el mundo unos minutos antes o después. No lo sé. Camino hasta el cansancio para tener mi mente bajo control y solo lo consigo con el cansancio. En las ruinas circulares, a veces oigo relinchar el caballo de Miguel, tratando de encontrar un pueblo que no existe. Igual que el mío, siempre llego tarde y los habitantes ya no están.

Creo tener conversaciones con el Creador, pero no puedo ver su rostro. Me habla entre sueños y también se representa. Tengo un temor inmenso a las ratas, y sigo mi peregrinar. ¿Quiénes son los locos que bailan sin música o los que no la escuchan? La única que me habla es una viejecita de cabello blanco.

—Pórtese bien mijito, ya le lavé y le planché su ropa —me dijo—, pero usted no despierta desde que se fue esa *endina*, que lo dejó todo hechizado. Vístase, que despúes lo llevo a caminar a la orilla del río —me insistió—, a ver si se le pasa ese mal de amor que nada más vino a arruinarlo.

Mi madre me cambiaba la ropa mientras yo la abrazaba con amor y fervor, como si yo fuera un chiquillo de cinco años. Me llevaba de la mano, como si ella fuera mi *lazarillo*. Ella era mi razón de vivir y me daba seguridad.

Endina: indigna, perversa.

Lazarillo: persona o animal que guía y acompaña a alguien necesitado de ayuda, especialmente a un ciego.

Curro el torero

EN MÉXICO FUE FAMOSO POR SUS PASES—LA CHICUELINA, LA VERÓNICA, la gaonera. Había matado más de trescientos toros. Estaba en su mera plenitud cuando empezó a tener sueños recurrentes.

En un diván, semirrecostado, le preguntó el psicólogo:

—¿Entonces, usted sueña que es el toro y siente que le entierran las banderillas, y se siente desconcertado, y lo único que lo acompaña es su bravura? ¿Siente las burlas, los escupitajos y el dolor en la espalda que le causa el picador, y quiere matar al torero y a su cuadrilla, que cobardes se esconden en los burladeros?

El psicólogo lo miró con esa atención que uno teme y necesita; sabía que el Curro estaba lidiando no con toros, sino consigo mismo.

—Sí, doctor, por eso me quiero retirar.

—¿Y sus contratos millonarios?

—¡Que se los lleve Pifas! Cada noche me siento desnudo; soy el toro mismo. Siento la espada que atraviesa mi corazón, y después, cuando estoy vomitando sangre, atrás, en mi nuca, siento el verduguillo con que me dan el descabello.

—Antes de retirarse vaya a su última corrida. A un miedo hay que enfrentarlo.

Esa temporada, el Curro ya había toreado en Perú, Francia, México, en Madrid, España, y en la provincia de Vigo. Ese domingo le tocaba torear en Linares.

Estaba listo con su traje de luces de plata y morado, como retando a la muerte. Cuando llegó a la plaza, recordó que los toros que le tocaban eran los más temibles en España, los Miura, bravos, grandes y listos para matar o morir.

Cuando salió al ruedo "Rayo", el primer toro, el Curro se dio cuenta de que se trataba del mismo toro de lidia negro de sus pesadillas. El miedo no lo venció; empezó la faena. Al principio, lo toreó con chicuelinas a pies juntos, con matices de elegancia. No falló ni una banderilla y, ya listo para darle la estocada, miró al toro agotado, respirando fuerte. La mirada del animal era infantil, como la de un niño indefenso. Un hilo de sangre le recorría el lomo con la obediencia triste de una lágrima.

El Curro tiró el estoque a un lado, acarició al toro y le pidió perdón. Un silencio sepulcral inundó la plaza. Tras la corrida, se cortó la coleta y se retiró para siempre. No fue cobardía, sino compasión.

Su nombre no aparece en la Enciclopedia Taurina "El Cossío". Curro Valencia prefirió desaparecer de los libros antes que seguir apareciendo en las listas de los matadores. Se retiró a la vida privada en un rancho de Aguascalientes, México. Ahí pasa sus días.

Burladeros: barreras dentro de una plaza de toros que sirven para proteger a los toreros.

Verduguillo: pequeña espada utilizada para rematar al toro cuando no muere con la estocada.

Barbanegra, el terror del mar Caribe

EL FAMOSO PIRATA INGLÉS ZARPÓ DEL PUERTO DE VERACRUZ, MÉXICO, después de participar en un extraño festival lleno de disfraces. Una nube negra, con tonos grisáceos y rojizos, lo había transportado al mar Caribe—su mar, su libertad. "¡Mi barco es mi tesoro, mi dios, mi libertad¡", proclamaba.

Mientras navegaba, Barbanegra gritaba a los vientos: "¡Inglaterra es la reina de los mares!". Cuando avistaba un barco español, lo bombardeaba sin piedad. Con ganchos, lo ponía paralelo para abordarlo después. "¡Al abordaje!", daba la orden. La matanza era brutal. Perdonaba los que querían unirse a sus huestes, pero a los de alto rango, muy adoctrinados, los enviaba a las oscuras profundidades del mar.

De noche, cantaba: "¡Qué linda es la mar con todos sus misterios, hagamos sonar la música y que canten todos los difuntos!".

Si algún militar de alto rango quería su libertad o ser abandonado en una pequeña isla con provisiones, debía pelear un duelo con el que eligiera, incluso con Barbanegra. Casi siempre el duelo era a muerte o hasta resultar herido para demostrar su valentía. A algunos, con las manos atadas por detrás, los sacrificaban lanzándolos a las profundidades del mar. A otros, los dejaban en islas desiertas con algunos víveres y a su libre albedrío.

Para abastecerse de lo más básico se acercaban cautelosamente a tierras colombianas o venezolanas y zarparían bajo las sombras de la noche. Al amanecer, estaban bajo el sol abrazador del Caribe, en busca de nuevas aventuras.

Sotoles: bebida alcohólica del norte de México, similar al mezcal, hecha de la planta sotol.

Los dos galeones

SE VIERON POR PRIMERA VEZ EN EL CARIBE. AL INTENTAR ASALTARSE SE murieron de risa, pues la mayoría eran amigos. Gritaban; entre gitanos no se cuentan la buena fortuna, ja, ja, ja.

Los dos galeones habían ido a abastecerse de pólvora, comida y agua. Se dirigían a asaltar la ciudad de Puerto Rico, Cartagena de Indias o la Villa Rica de la Veracruz.

Cuando llegaron a Puerto Rico, bombardearon la costa. Otro galeón desembarcó a sus bucaneros en la ciudad. Asaltaron la población, robaban de todo, pero no secuestraban mujeres al barco, ya que se consideraba de mala suerte.

Se lanzaban al mar en cuanto llegaba el viento correcto. Y a bailar y a cantar en los atardeceres mágicos. Con la puesta del sol, el azul del agua era el mismo color que el cielo, excepto por las nubes de un cielo esponjoso como la lana de los borregos. Al caer la tarde-noche, muchos filibusteros entonaban cantos tristes y melancólicos con evocación guerrera: *"¡Vive la guerre!"*, gritaban en un vasco-francés.

Al día siguiente, lo mismo de siempre: asaltar ciudades, robar, remontarse a islas conocidas por ellos, sepultar sus cofres con muchas monedas, joyas de oro y diademas de princesas con incrustaciones de diamantes y piedras preciosas.

Una tarde, ya casi llegando la noche, los agarró una ventisca que se volvió tormenta. Uno de los galeones se perdió entre la lluvia y la brusca marea. Sucumbió en las profundidades del infinito mar Caribe. Con las olas bravas, los gritos de los tripulantes de *La Margarita* —nombre de la embarcación—, se perdieron. Si no hubieran estado tan sobrecargados por el botín… pero algunos marineros no tenían llenadera en el pillaje.

Solo *La Reina del Caribe* se fue flotando entre las olas. A lo lejos se veía el Padre Sol, que calmaba las tempestades, y el galeón siguió su travesía por la serena mar, buscando nuevas aventuras.

Filibusteros: piratas o corsarios que operaban en el mar Caribe y zonas cercanas.

El espadachín contra el pirata

EL DUELO YA ESTABA PROGRAMADO: EL ESPADACHÍN CONTRA LORENCILLO el pirata. El esgrimidor español contra el bucanero, un mestizo peninsular que había vivido en Venezuela, Colombia y Veracruz, México.

El espadachín había abatido a doce aficionados a la muerte, y Lorencillo había abatido muchas veces a sus rivales en los mares de las Antillas y el Caribe. Un viejo galeón militar esperaba a los dos. Se vieron las caras, armados con pistola y puñal, no demasiado pesados para que fueran ligeros. Ambos pusieron las espadas en sus frentes y se lanzaron al descabelle. Nadie llevaba la delantera. Después de un tiempo, ambos se habían herido en la cara y causado cortaduras en todo el cuerpo. Sangrando y cansados, tomaron un receso mientras degustaban un trago de jerez. Los padrinos de ambos contrincantes hicieron una tregua. Con la decisión de empate, los dos rivales estuvieron en desacuerdo, pero se acordó que se reunirían en unos meses, cosa que nunca sucedió.

El espadachín español cayó herido de muerte en Sevilla cuando alguien, un poco tomado y en un ataque de celos, lo ultimó por la espalda. Por otro lado, Lorencillo, intentó atacar Veracruz con su barco y su arrogancia. Había sido invitado a cenar a la Villa Rica de Veracruz, pero al llegar fue arrestado por sorpresa. De aquel antiguo duelo nunca hubo revancha. El ganador de esa batalla nunca fue declarado.

Los secretos hundidos de Lemuria y Atlántida

SEGÚN TEORÍAS ESOTÉRICAS Y PSEUDOCIENTÍFICAS DESARROLLADAS en el siglo XIX, se cree que el continente perdido de Lemuria estuvo ubicado al sur de la India, extendiéndose por el océano Índico y el Pacífico. Según la leyenda, Lemuria provenía de las Pléyades.

La Atlántida habría estado situada al norte de África y al sur de España, en lo que hoy se conoce como el estrecho de Gibraltar. Lo de la Atlántida se desprende de relatos antiguos, como *El Timeo*, un diálogo escrito por Platón, el filósofo griego. Hipótesis más modernas afirman que los habitantes de la Atlántida habían descubierto o vencido la gravedad.

Otra leyenda apunta a que en Machu Pichu, Perú, los conquistadores españoles descubrieron unos discos de oro que al pulirlos se levantaban varios metros, como si fuera brujería. Los fundieron por su valor en oro. Se decía que su procedencia era de los atlantes. También en México hay estatuas llamadas los Atlantes de Tula.

Según mitos esotéricos y teorías de la Nueva Era, en la Atlántida hubo siglos de conflicto entre ángeles malignos y ángeles protectores. Antes de la catástrofe, muchos hombres de la Atlántida huyeron a Egipto, Perú, México y quizás a Grecia. Los seres malignos que infiltraron la Atlántida eran reptilianos y ángeles caídos, ángeles bondadosos y firmes que protegían a la población. Hasta la fecha, en algunas sectas se enseña sobre esos seres que hace muchos siglos causaron pavor y desconcierto.

Platón no habla de ellos en sus doctrinas y memorias, pero describe a la Atlántida como una civilización avanzada que se hundió en el mar como castigo divino por su corrupción moral y su creciente contienda. Según mitologías modernas, cuando hubo el cataclismo en el que se perdió la Atlántida, muchos genios huyeron a varias partes del mundo, dejando atrás miles de secretos que hubieran beneficiado la humanidad.

Fue peor cuando el emperador Julio César sitió Alejandría, Egipto, donde se quemó su famosa biblioteca, al parecer accidentalmente. Los romanos "robaron", mediante la asimilación cultural, los secretos del arte y escultura de los griegos, sin afirmar, solo especulando sobre la Atlántida.

En la historia de la humanidad, cosmogonías antiguas sostienen que la Tierra ha sido destruida y renovada tres veces. Apenas podemos regresar de tres a cinco mil años desde los tiempos de Charles Darwin y Arquímedes, y del descubrimiento del fuego hasta el de las computadoras. No sabemos lo incierto del futuro.

Tres hombres del futuro

A ESTE MUNDO, LLEGARON PROCEDENTES DEL FUTURO —DEL AÑO 2600 aproximadamente— tres hombres con un propósito enigmático: traer grandes noticias y conocimientos a la humanidad del presente. Potencias mundiales como Rusia, China y Estados Unidos, mostraron gran interés en ellos.

Uno era Pierre, un científico francés, quien traía consigo las curas para el cáncer, el Párkinson y la diabetes. A los grandes laboratorios no les agradó la idea, pues para ellos, es mejor vender tratamientos paliativos y mantener a los pacientes enfermos, ganando así billones de dólares. Se le mandó desaparecer, y de Pierre nunca se volvió a oír. Todos simplemente dijeron que se había regresado al futuro. Su desaparición dejó al mundo desconcertado.

El segundo, Martín, poseía ideas sobre cómo construir veloces platillos voladores, pero esto iba en contra de las aerolíneas comerciales, lo que significaba que esa industria se iría a la quiebra. Martín también desapareció, o la NASA lo encarceló.

De aquellos tres hombres del futuro, el único que sobrevivió, por un tiempo, fue Pedro, quien predicaba la abstinencia y cómo usar la religión para someter al pueblo. Por un tiempo, el Vaticano lo dejó vivir, a pesar de que promovia la religión protestante, no dar el diezmo, y de hablar sobre de las miles de virgencitas de los católicos, así como de los millones de dioses de los hindúes. El Vaticano puso en la balanza sus predicaciones e, inicialmente, lo dejó continuar.

El mayor problema era que Pedro afirmaba que nuestros familiares estaban en el futuro y que el purgatorio no existía, y que este era solo una estrategia de los católicos para asustar a los feligreses y tenerlos sometidos. Pedro proclamaba: "¡El alma nunca muere! Sus familiares están en el futuro, no teman; este es el moridero. Cuando el alma es pura es cuando se comienza a vivir". Al final, al Vaticano no le gustó que Pedro se convirtiera en su competencia, así que lo mandaron, no sé si desaparecer, o encerrar en una mazmorra, como todos los secretos que ignoramos, y como los tesoros del mundo están en el Vaticano.

Al final, los tres hombres del futuro, con sus mensajes de ciencia, tecnología y espiritualidad, dejaron más preguntas que respuestas.

Camilo y la máquina
de hacer dinero

LO CONOCÍ EN SANTA PAULA. TENÍA UNA TIENDITA DE ABARROTES Y NOS hicimos amigos. Íbamos a los eventos deportivos y compartíamos desde cervezas nacionales hasta aventuras cotidianas.

Un día me habló acerca de un italiano que tenía un aparato en forma de caja que convertía el dinero de baja denominación, de veinte dólares, a billetes de cien *mangos*, pero me pedía que esto no se lo mencionara a cualquier *pelangoche*. Quería que lo acompañara a la "Ciudad del Pecado", Las Vegas, Nevada, ya que ahí, en los casinos, el dinero recién hecho se podía intercambiar. Así que Camilo juntó cincuenta mil entre los amigos y veinte mil de él.

Camilo me había contado que el fulano le había dado una demostración de la conversión de dinero, y la máquina había usado tres billetes de a veinte y producido tres billetes nuevecitos de cien *tepalcates*, pero no fue posible hacer más, porque se acabó la tinta. Me invitaron a ir a los casinos de Nevada, pero no pude por mis trabajos; tenía primero que solicitar una boleta de autorización con un mes de anterioridad.

Posteriormente, Camilo me contó que en La Vegas no se apartó del mafioso italiano por dos noches. Usaron la máquina convertidora de dinero unas tres o cuatro veces, metiendo billetes de a veinte y sacando de a cien; así la pasaron. El dinero lo revisaba Camilo casi cada hora. Del maletín, solo él tenía la combinación. Producían tres o cuatro billetes de cien y se lanzaban a cambiarlos por denominaciones más bajas. Supe que en esas idas y venidas, el gánster se disculpó con la excusa de irse a "lavar la cara" al *wáter*; nunca más volvió. Después de esperarlo más de media hora, mi amigo fue a la habitación de hotel y descubrió lo impensable.

El maletín tenía como ocho fajos de dinero en efectivo pero por arriba y por abajo, dos o tres billetes de a cien y el resto ¡eran recortes de periódico en italiano! La maquinita y más de cincuenta mil *mangos*, estaban desaparecidos. Dio aviso a las autoridades del casino sin importarle las consecuencias, pero al mafioso nunca más se le vio la cara. Dos cosas: ¿existió el tipo o siempre estaba oculto de las cámaras? El caso es que todavía se preguntan la gente, Camilo y su familia, qué sucedió con el italiano.

Mangos: billetes

Pelangoche: persona de cabello rubio, claro o teñido. El término viene de *pelangocha* o pelón, usado de forma popular para referirse al color claro del cabello, con tono burlón o familiar.

Tepalcates: billetes, dinero.

Wáter: el baño; proviene de la pronunciación anglosajona de "W.C." *(Water Closet)*.

Venustiana y Rutildo

RUTILDO ERA UN TRABAJADOR RUDO QUE EN EL MERCADO DE SU PUEBLO movía cajas y ayudaba a la gente con su *diablito*.

A veces llegaba *bien servido* a *darle trabajo* a *la Tránsito*, como de cariño le llamaba a Venustiana. Después de un tiempo se volvió rutina el abuso.

Una tarde llegó con sus alcoholes y no encontró a la Venus de su humilde casa, tirándole a jacal. No había frijoles hirviendo en la estufa, nadie torteaba la masa para las gordas, ni chilito del molcajete; ¡ni sus aires! Dicen las malas lenguas que *la Tránsito*, junto con sus *chilpayates*, se había huido con Jacinto, el carnicero. El hogar estaba vacío. Ahí se quedó Rutildo hasta que amaneció, tirado en su camastro con dos clases de hambre: moral y física.

Como pudo se fue al mercado a trabajar. Compraba limones, los echaba en un canasto y los vendía casa por casa, así la ganancia era un poco mayor. Al terminar la jornada, llegaba a su casa con remordimiento y desesperanza.

Un día vio a una joven de dieciocho años, pintarrajeada, buscando clientes afuera del mercado. Con regalitos y plática la convenció de que fuera su mujer y se la llevó al jacal para que le preparara su comida y le hiciera las labores del hogar.

Fue como a finales del verano cuando *la Tránsito* regresó al hogar; afuera habló con Rutildo.

—Estoy embarazada del carnicero y me regreso contigo.

Rutildo le preguntó:

—¿Dónde están nuestros hijos?

— ¡Nunca tuvimos hijos! En tus borracheras, tú te los imaginabas.

—Tengo una cosa que decirte...

Diablito: carretilla de dos ruedas para mover mercancía.

Bien servido: muy borracho.

Chilpayates: niños pequeños o hijos.

A darle trabajo: eufemismo que significa golpear o maltratar a alguien.

Julio César en Egipto

EL CÉSAR LLEGÓ A EGIPTO CON ALGUNAS LEGIONES. DERROTÓ A LOS egipcios y designó a Cleopatra para mandar en los reinos Alto y Bajo. Algunos soldados derrotados y desertores huyeron al sur, siguiendo el río Nilo. Un pequeño ejército de ochenta legionarios y unos cuantos mercenarios los siguieron hasta que se internaron en una zona desértica. No vieron agua, ni siquiera de palmeras, durante varios días.

Después de dos semanas, cuando los víveres y el agua casi escaseaban, descubrieron un oasis. Decidieron acampar por unos días. Un soldado en la retaguardia descubrió una gruta a unos metros del oasis, y al aventurarse dentro encontró un gran tesoro: monedas de oro y objetos de incalculable e inmensurable valor. Según ellos, era una mina del Rey Salomón o de uno de los faraones.

Había una disyuntiva: ¿transportar el oro por el inhóspito desierto en lugar de agua y víveres? Tenían que calcular: mucho oro, poca agua. El centurión mandó a los diez más fuertes. El musculoso se cansaba a los tres días; el de menor peso corporal aguanta el doble. Mandó a diez con oro, agua y dátiles:

—Lleven siete bolsas pequeñas con oro por soldado y el doble de lo demás. Los espero en un mes.

En cinco o seis semanas ya estaban de regreso. Encontraron las palmeras, los dátiles, los soldados restantes y las toneladas de oro, todo cubierto por las arenas del desierto.

Él, es Él

LA PRIMERA SEMANA DE ABRIL EMPECÉ A TRABAJAR EL TURNO nocturno en el hospital. Si alguien fallecía, lo transportábamos a la morgue. En ocasiones, llegaban al hospital niños abandonados que deambulaban por las calles y se los entregábamos a las enfermeras. El turno de noche me resultó fatídico, cansado y deprimente.

Una de esas noches, después de laborar, tuve un sueño recurrente, de esos que sólo suceden una o dos veces en la vida. El primero lo tuve hace ya unos treinta años. Me veía en un monte dentro de una iglesia humilde. Adentro estaba una pequeña congregación cantando himnos gloriosos al Creador. Parecía ser como las tres o cuatro de la madrugada. Salí a oler el verdor del pasto y la tierra mojada de río, y vi en el firmamento todos los planetas alineados, inmensos y de colores increíbles: Marte, Júpiter, Saturno y los demás; aquello fue una experiencia que solo ocurre una vez en la vida.

En el segundo sueño me vi extasiado y con el disfrute de tener ante mí la presencia del Todopoderoso. No soy guadalupano ni fanático de ninguna denominación religiosa—aclaro. Eso sí, me declaro espiritual hasta la médula de mis huesos. Mi Padre Celestial apareció en una carreta antigua, de oro macizo, que era jalada por briosos caballos de raza pura. Vi al Señor con una túnica blanca rodeado de nubes igual de blancas que sus cabellos y sus barbas frondosas. Tierno y afable, con sus brazos portentosos me abrazó como un abuelo enternecedor. Las nubes, en complicidad con el azul del cielo, irradiaban un brillo incandescente que no me permitió ver su rostro. Bien se dice que las cosas más importantes y grandiosas de la vida no se ven.

—¿Será que acabo de morir? —me pregunté—. ¿Será que el Todopoderoso me dará otra oportunidad de vida? La respuesta fue haberme despertado en la mañana con un gozo sublime e inmenso.

Sueños como estos no se dan todos los días en la vida de los mortales. He sido un hombre de mucha suerte. Haré todo lo mejor en lo que me queda de vida para alegrar a los santos destinos y las cosas de las que los seres humanos no tenemos control.

Los dos carneros

Í LA HISTORIA A MEDIADOS DE LOS SETENTA. POR ESOS PUEBLOS polvorientos de Texas, un individuo inadaptado tenía una empresa financiera. Era de posición acomodada; se rumoraba que era millonario, pero él nunca hablaba de eso.

Era de complexión amorfa, como los sujetos que pintaba Botero. Nunca se le conoció pareja. Él solo necesitaba verte una vez y su percepción era de temer. Te olía, te estudiaba, se metía en tu espíritu y te escudriñaba las entrañas.

Los fines de semana se metía por los montes; nunca se sabía lo que hacía. Lo misterioso del caso es que transportaba una cantina inflable con música, barra y luces.

Un día, Fausto —así se llamaba— fue picado por un alacrán híbrido. No murió por el piquete, sino que desarrolló pelo anormal por todo el cuerpo y una insaciable hambre de carne de cordero o de vaca. Se rumoraba que tenía tendencias caníbales, pero eso era solo un rumor.

A veces atrapaba individuos de inframundo que rodaban por ahí y caían en sus garras. De ellos nunca más se sabía nada, ni nadie los extrañaba.

Una noche, Matías, un individuo de aspecto extraño, se introdujo en un bar de aspecto raro. Vio cómo dos clientes estaban medio dormidos y recargados en la barra. Luego, se encontró con los ojos de Fausto.

Por unos segundos, se percibieron; ambos supieron que eran bestias del mal, aves de mal agüero.

Matías pidió una cerveza sin destapar y descubrió que los clientes eran muñecos con caras humanas, y estaban más fríos que el hielo. Se disculpó y fue al baño, que resultó ser una trampa de la que no pudo salir. Cayó al suelo por un infarto y ahí estuvo varias horas hasta que, en la mañana, Fausto se metió a ver a su presa. Al verle inerte, se acercó para revisarlo. ¡Cuál sería su sorpresa, pues Matías lo había fingido todo! Con un golpe, lo derribó y con una pequeña inyección letal lo puso a dormir. Fausto tenía el cuerpo inmovilizado, pero todavía podía escuchar.

—Para los coyotes, los leones—, le dijo Matías. Realmente ya estaba cansado de comer bebés muertos que compraba en el hospital. A ti, primero te voy a chamuscar para deshacerme de ese cuero cabelludo que tienes en todo el cuerpo, después —sé que me estás escuchando— te voy a comer vivo, voy a hacer un sushi humano contigo. Voy a mantenerte vivo una semana y, después, este teatro inflable se va a consumir en llamas. ¡Manos a la obra!", concluyó, mientras que con un soplete portátil le quemaba a Fausto el pelo del torso.

Cantina inflable: término coloquial para una estructura portátil que se arma como una carpa para fiestas.

Aves de mal agüero: expresión que describe personas asociadas a malos presagios.

Un ángel entre nosotros

UN DÍA INSOSPECHADO, DESCENDIÓ UN ÁNGEL A ESTE MUNDO TERRENAL enviado por Dios. En un solo día recorrió toda la faz de la tierra. Sólo los animales y algunas mujeres carentes de amor lo percibieron; sin embargo, al bajar la mirada, las confundía.

Llevó el bien a todos los rincones. Reformó a los gobiernos corruptos, hizo el bien donde más se necesitaba y reprendió a la humanidad por estar tan alejada del Creador, tan llena de maldad. Condenó a los líderes religiosos, nefastos y pedófilos. Nos hizo entender que detestaba a los predicadores evangélicos que usan el ministerio del Todopoderoso para hacerse millonarios. Después, tan insospechadamente como llegó, ascendió al cielo.

Clamemos por cambios de bondad. Se necesitarían doce mil ángeles para sembrar semillas de amor y compasión, así como para borrar los rencores en toda la tierra. De esta manera, arrojaremos al foso más profundo a los cerdos de la avaricia y la perdición.

Sin agua

EL MUNDO SE HABÍA QUEDADO SIN AGUA. SE DESCONOCÍA POR DÓNDE se había esfumado. Solo quedaba el agua del mar, aunque solamente un veinte por ciento. La gente empezó a morir. El cincuenta por ciento no pudo encontrar el camino correcto y allí quedaron, principalmente los de zonas desérticas.

No se sabe si se evaporó el precioso líquido o se fue al fondo de la tierra. "Hay muchos mundos, pero están en este", decía el poeta francés Paul Éluard.

La gente que vivía donde había nopales y magueyes podía medio sobrevivir. Los demás, a pesar de miles de artimañas, iban sucumbiendo a medida que pasaban los días.

Mientras se encontraba una solución, las tres potencias mundiales se escondieron en refugios herméticos. China, Rusia y Estados Unidos, con semillas transgénicas y agua, cerraron sus puertas al mundo. El Vaticano exigió a los gobiernos posada para sus miembros. Se les negó su petición porque nunca ayudaron a los pobres. Con su riqueza, el Vaticano hubiera podido erradicar el hambre mundial, y no lo hizo.

La única gente que se salvó de la catástrofe fue la de las islas y la de Capadocia, Turquía, que se alojó en una ciudad subterránea.

Después de siete años, la lluvia empezó a caer. Como las nubes la tenían retenida, mucha escoria apareció. Fue como si la tierra expulsara lo pútrido y se regenerara para crear una nueva vida. Muchas especies desaparecieron, pero algunas razas de animales empezaron a caminar sobre los destrozados edificios. Los gobiernos se volvieron a organizar y los líderes se deshicieron de religiones caóticas para tener un mejor orden y adoptaron la espiritualidad.

El mundo nunca fue el mismo. Ahora es un lugar más organizado, con más control y más temeroso de los cataclismos. Se formó un gobierno mundial.

¡No a la corrupción! ¡No al crimen! ¡Sí al progreso!

———————

Capadocia: región histórica de Turquía famosa por sus ciudades subterráneas.

Adiós a mi alma

ALGÚN DÍA MI ALMA SE VA A SEPARAR DE MÍ. LOS HUMANOS tenemos una unión o simbiosis casi perfecta. Pero todo lo que se junta se tiene que separar, como esos galeones que se encuentran en la bruma de mares desolados, ignotos. Aun así, parten con mucha alegría a rutas no marcadas por el destino. Así también mi alma seguirá transitando de ser en ser hasta reencarnarse en algún beneficiado, o quizás desafortunado. De esta manera mi alma encontrará reposo, pues no quiero que se perpetúe en una tumba desconocida o abandonada y sea carcomida por el olvido.

Desearía de todo corazón que mi alma se quedara auxiliando a la desesperanza y la tristeza. Que el Creador la plante donde le parezca mejor. Le doy gracias a mi alma por haberme dado gozo y alegría. Ella y yo nos extrañaremos, porque nada perdura. "¿A dónde irás, ingrata?", a veces le pregunto. Algún día nos reencontraremos.

Mientras tanto, dale alegría a algún canario, zorzal o cenzontle o a una niña desconsolada, hasta que nuestras mañanas y horizontes se vuelvan a juntar.

Sobre el autor

ORGE A. ONTIVEROS NACIÓ EN PARRAL, CHIHUAHUA, MÉXICO, Y EMIGRÓ
en su adolescencia a California, Estados Unidos. Es Licenciado en
Letras Hispanas por la Universidad Estatal de California-Northridge.
Su pasión por la cultura lo ha llevado a incursionar en el teatro, la
declamación, el tango y la literatura. Además del presente volumen,
es autor de otros tres libros de cuentos cortos, un poemario bilingüe, y
una antología de cuentos en inglés. Sus personajes representan seres
comunes y corrientes que enfrentan situaciones extraordinarias que
recuerdan al lector enigmas de la vida diaria, y algunos evocan sen-
timientos de quedarse atorado en un lugar, una condición o un problema. Otros personajes adentran al lector a los misterios de la mente,
donde la línea entre lo imaginario y lo real se borra. También escribe
poesía ambiental inspirada por los paisajes naturales que le rodean y su
proximidad al mar, así como poemas que expresan emociones, deseos
y sueños. Reside en Oxnard, California, una ciudad costera al oeste de
Los Ángeles, sitio de una renombrada fértil llanura que produce ricos
campos agrícolas en los que destaca el cultivo de la fresa.